KB153890

인항문단 시선

소사벌에 배꽃이 필 때면

최인호

최인호(崔仁昊) 시인은 52년 경기도 평택 출생으로 본명은 최인균입니다. 대학에서 법학, 일본어를 전공하고 법률사무소 사무장 및 법 관계 일에 종사하다가 퇴직하였습니다. 현재 고향 평택에서 주상복합아파트 관리소장으로 근무하고 있습니다. 학창시절 동경해오던 시작생활을 꾸준하게 해오다가 인향문단 회원으로 작품활동을 하였습니다. 인향문단에 시를 발표하며 등단하였고 제1시집 "내 인생의 그날"을 출판하였고 제2시집 "소사벌에 배꽃이 필 때면" 을 출판하였습니다.

최인호 제2시집

소사벌에 배꽃이 필 때면

초판 인쇄일 2023년 2월 25일
초판 발행일 2023년 2월 25일

지은이 최인호
펴낸이 장문정
펴낸곳 도서출판 그림책
디자인 토마토
출판등록 제2010-000001
주소 경기도 수원시 영통구 이의동 웰빙타운로 70
연락처 TEL070-4105-8439 (010)2676-9912
E-mail : khbang21@naver.com

최인호 창작시집

소 사 벌 에 배 꽃 이 필 때 면

제2시집 "소사벌에 배꽃이 필 때면"을 펴내며

-崔仁昊

젊은 시절의 어느 날 새벽, 서초동 아파트 뒷골목에서 작업복이 땀이 밴 채로 엘리베이터를 오르내리던 시절, 부지런히 조간신문을 돌리고 낮에는 유료주차장에서 차 출입을 하느라 하루해가 저무는 줄을 몰랐다. 저녁이면 파김치가 되어 비좁은 주차장 간이 건물에서 잠이 든다. 나도 모르게 지나가는 하루가 무척이나 바쁜 시간들이었다. 지금 생각하면 이런 것들이 하나둘 쌓여서 지금의 글을 쓰는 토대가 되었다. 주차장 간이 건물에서 창밖으로 희미하게 보이는 하늘에서 별을 찾는다. 잘 보이지는 않지만 저 하늘의 별들만이 알고 있는 나의 비밀을 간직한 채 네온사인의 불빛에 잠식되어 사라지고 만다.

낮이면 피로에 쌓인 핼쑥한 얼굴로 주차관리를 하는 젊은이의 어깨너머로 가난과 어려움이 엿보인다. 이 생활은 언제 끝이 나려나? 하면서도 그래도 포기 안 하고 일했다. 여기서 장만한 약간의 밑천으로 관악구 봉천동 뒤 골목에 조그만 사글세 방 하나를 얻었다.

이제는 좀 살 것 같다. 날마다 나아지는 삶이 눈으로 보인다. 법률사무소에 취직도 되고 형편이 점점 나아졌다. 이렇게 고생하였던 시절이 있어 지금의 나를 찾을 수가 있었다. 너무 감사하고 고마운 일이다.

나의 삶을 뒤돌아보면 주위의 도움을 많이 받고 살아 왔다.

이제 남은 삶은 주위 분들에게 신세도 갚아가며 살아야 하지 않겠나?

다짐하며 푸른 하늘 한번 올려다본다.

마음껏 푸른 하늘도 못보고 살아온 인생길이 늦게나마 별빛이 있는

맑은 하늘을 보고 살려나 보다.

파아란 하늘을……:

오직 생활 속에서 느낀 것을 표현하고 팠던 일상들을 하나씩 기록한 것

이 오늘의 나의 시가 되었다.

제1시집 "내 인생의 그날" 출판 이후 2년 이상의 문단 시작기(詩作期)를

거쳐 오늘에 이르러서야 나의 제2시집을 출판하게 되어 기쁘다. 또한 시

집편찬을 위하여 수고하여주신 인향문단의 방훈 대표님과 편집위원님들

과 글이 피어나는 둘레길 문우님들과 집사람에게 고마움을 표하고 싶다.

2023. 2. 7.

崔仁昊

최인호 창작시집 - 소사벌에 배꽃이 필 때면

CONTENTS

소사벌에 배꽃이 필 때면

- 최인호

소사벌에 배꽃이 필 때면
그대 계신 곳을 향하여
창문을 활짝 열겠어요

수줍은 듯 배꽃이
피어오르면 하얀 우산
받쳐 들고 그대 곁에 서 있을래요
그대, 봄비에 젖을까 봐

봄비가 그치고 나면
그대 꽃잎에
고인 눈물 닦아주려
하얀 손수건을 준비할래요

내년에도 오시기를 기다릴 게요.

인향문단 시선

소사벌에 배꽃이 필 때면

참회(懺悔)의 용서(容恕)

한마디의 잘못된 말이
그대의 가슴에 못을 박았네요

그것도 대못으로…
그 말 한마디에 뼈가 있었군요

그대의 서릿발같은 분노가
이 사람을 향해도 감내해야지요

어쩌면 좋을까요
벌써 며칠 밤을 지새웁니다

그대의 시린 마음을
무엇으로 보상해야 할까요

오늘 밤도 지새우는 심정으로
그대에게 참회의 용서를 빕니다.

하늘호수 되어

파란 오월의 하늘호수에
나룻배를 띄웠지요

하늘호수에 품은 나룻배는
싱그런 오월의 바람을 타고,

행복의 나라를 향해
노 젓는 뱃사공의 뱃노래

파란 하늘호수의 비단길에
비추는 빠알간 옷 입은 저녁놀

싱그런 오월의 바람이
나룻배의 나들이를 노래해요.

내 마음의 동반자

숲속의 비둘기도
이른 아침부터
짝을 찾아 구슬픈데

내 마음의 동반자는
어디서 무얼 하고 계시는지
저 푸른 하늘바다에
돛단배라도 띄워야 겠어요

에린 마음이 앞서지만
가득 실은 사연, 종달이 편에 보내리다
어디에 계셔도 어느 곳에 계신다는
소식이나 전해주오

마냥 기다리는 마음 안타까워요
그때 만나던 그 자리에서
기다리고 있을 게요~

밤에 우는 소쩍새야

소쩍 소쩍
소쩍새가 울음 운다

가슴속에 맺힌 응어리가
한이 되어 목메이도록 울음 운다

밤 지새우는 소쩍새야~
네가 울면 고통이 잦아들겠지

네 울음으로 그 아픔 잦아들면
우리 님, 환한 웃음꽃이 피겠구나

소쩍 소쩍, 밤에 우는 소쩍새야
우리 님의 그 아린 응어리 풀리면

너의 외로움같이 해 줄게
이 밤에도 울어나 주렴~

관악(冠岳)의 손짓

그리움의 대상이 어찌 너 뿐이랴
날마다 가슴 깊은 곳에 담고 있어
토출(吐出) 못하고 지낸 시간들

긴 연결로 연깡개에 감겨져 있는
실타래처럼 줄기차게 끌어당겨
아직도 놓지 못하고 있는 그리움들,

뒷동산 둘레길에서 만나는 님
생큼한 이름 모르는 풀꽃들도
나를 기다려주는 그리운 님인데

젊은 시절 수십여 년을 같이하던
관악의 손짓으로 모처럼 틈새에
어머니의 품에 안기는 날의 그리움.

* 연깡개: 충청도 방언으로 얼레를 이르는 말.

가슴에 묻은 별

마음이 외로울 땐
깜깜한 밤하늘에 반짝이는 별에게

소식을 보내봐요
그대 별님은 누구를 기다리나요

선 밤이 다 하도록 누구를 기다릴까
새벽이 오면 그 기다림에 지친 몸을

추슬러 스러져가는 별똥별이 되어
떠나가는 마음 안타까워요

하지만 다시 오실 별님을 만날 날을
기다려요

그 님은 꼭 그대 곁으로 나타나실 겁니다
깜깜한 밤하늘에 반짝이는 별이 되어…

소박한 밥상

오랜만에 받아보는 소박한 밥상이다
식판에 담긴 생선튀김 한 토막과

단출한 반찬이 돋보이는 식단이다
한 끼를 해결하기 위해서 맛있게 먹는다

음식을 준비한 손길을 생각하면서
감사하는 마음으로 먹으니 기분도 좋고

몸에도 좋은 신호가 가니
활력과 풋풋한 향기가 난다

뻐꾸기가 울고

당신에게 제일 좋은 그곳은 어디인가요
그 곳은 지금 당신이 계시는 곳이지요

아무리 좋은 곳이라도 그곳이
나의 마음속에 있는 곳이 아니라면

그곳 진정으로 내 가슴속 깊이 간직하고 있는
그리운 곳은 아니지요

사람은 누구나 어려서 자기가 자랐던 그곳을
그리워하며 살아간다

개울가의 졸졸 흐르는 맑은 물에서
맨발로 뛰어놀던 어린 시절 그 때가 그리워요

동산에는 마냥 지즐대던 텃새들의 마당
잊을 수 없어 다시 찾는 그리운 고향

지금쯤 모내기가 한창일텐데
뒤 담장에 찔레꽃이 하얗게 피어오를 때면
뻐꾸기가 울고 가지요

아~아~그리운 내 고향~

오월의 교향악

오월의 귀리밭에
바람에 넘실대는
쇼팽의 왈츠가 연출되면

지나가던 고라니도
발걸음을 멈추고 넋을 잃네요

어릴적 배고픔의 상징이던
귀리가 이제는 영양밥이 되고

싱그러운 오월의
아름다운 교향악이 되었어요

상흔(傷痕)

가슴에 담아오던 그대가
문득문득 그리워 지는 것은

오늘 뿐은 아니겠지만
가슴이 답답해 오는 이유는

그대가 내게 벗어 주고 간
진득진득한 그것 때문인가요

방금 고라니 튀어나온 숲 속에서
지저귀는 산새들의 구애 노래가

더 정겹게 들리는 데도 왜
내게는 상처의 터널에서 벗어날

묘수가 떠오르지 않는다

최인희

잠시(暫時)의 단상(斷想)

사람들의 마음이 가뭄에 단비를
기다리는 마음처럼 간절해 지고
겸손한 마음으로 회복되는 계기가
되길 바라봅니다

우리 마음이 6월의 하늘과 같다면
가슴 가득히 파란 마음을 간직한 삶이
우리의 생활주변을 빛나게 만드는
아름다운 계기가 될 줄로 믿어요

이제 시작되는 여름이 신선하고 아름다운
추억으로 기억되는 알찬 여름이 되어서
생활의 기쁨을 누리시는 우리 회원님들의
삶이 되시길 바라는 마음입니다.

들국화

들 섶에 곱게 핀 들국화의 모습이
아름다워 온 시선을 다 빼앗기고 있다

누가 관리 안 해도 청초한 모습 그대로
일점 흐트러짐 없이 그 자리를 잘 지키고 있어

그곳에 담겨있는 그리움이 가는
계절의 아쉬움을 뒤로하고 이별을 고하네요

내년에는 더 깊은 그리움의 꽃을 피우기위해
얼굴에는 화장을 하고 향기나는 모습으로

찾아오시길 기대해 볼게요
나의 사랑 들국화어~

숲 속의 데이트

숲 속 둘레길에서 혼자 걸을 때 만나는 이름
모르는 텃새들과 조용한 숲 속 나만의 공간이
만들어져 신선한 숲 속의 데이트는 자연과의
공감대(共感帶)가 이루어져 서로 대화하고
혼자가 아닌 나의 동지(同志) 군(群)이 포진된 힐링의 공간으로 길 섶
에서 만나는 조금류(鳥禽類)가 내 친구들이니 서로 느끼고 무언으로
소통하는 사이가 되어 그냥 반갑고 좋은 관계가 형성되는 느낌이다

이 더운 날씨에도 그대들은 이 숲을 잘 지키고 있어
고맙고 감사하니 우리 한번 잘 지내봐야지
다시 만나자는 무언의 약속으로
속삭이는 숲과 새들과의 이별을 하기 위해
반환점(返還點)을 돌아오며 너희들 잘 있거라 내일 다시 뵈요
안녕을 고한다.

망상(忘想)

잊으려 해도 자꾸 생각나는
그것이 있다

억지로 잊으려고 눈 감아도 떠오르는
그것은 내 가슴속 깊은 곳에 자리 잡고 있어

내 주위를 맴돈다
이것은 덮어서 없이 할 문제가 아니다

한두 방울 떨어지는 가뭄때 이슬비의
빗방울처럼 감질나게 게으름을 피우고 있다

풀어야 할 문제는 시간이 해결해 줄까
단지, 시간이 간다고 해결되는 문제는 아니다

근본적인 원인을 찾아 실마리를 찾는
지혜를 가지고 접근하여 방편을 강구하는 날…

생각의 전환점(轉換點)

보고 싶은 얼굴은
언제 보아도 반갑고 좋은 관계가 이어진다

하지만 보기 싫은 얼굴은
다시 보고 싶지 않은 것이 사실이지요

이 보기 싫은 얼굴을 보고 싶은 얼굴로
반전(反轉)시키는 방법은 없을까요

아마 처음부터 보고 싶은 얼굴은
그리 흔하지는 않아요

지금 현재 내 주위에서부터
보기 싫은 얼굴을 보고 싶은 얼굴로

바꾸는 작업을 시작해 보도록 하지요.

밤꽃이 필 때면

밤꽃이 필 때면
반가운 이들이 만나니

밤꽃의 냄새가 아리송할 때가 많다

십여리 밖에서도 밤꽃이 필 때면
밤꽃 냄새에 취해 찾아오는 그리운 이들이
있을 법한 자연현상 인가보다

올해도 밤꽃 냄새를 찾아
사랑의 투어를 하는 수많은 이들이
밤꽃 냄새에 취하여 그리운 밀회를 나누는

싱그러운 신록의 유월이 되기를 바라봅니다.

천상 여행(天上旅行)

요 며칠 사이로 세 분이
천상 여행을 떠나셨다

질기게 세상에 매인 끈
붙들고 계시다가

그 끈을 놓으시니
그리 가볍고 좋은 걸까?

사랑의 꽃

너의 사랑이 머무는 곳은 어디에
사랑은 늘 내 마음이 있는 곳에서

아프고 슬픈 사랑의 꽃을 피워내지요

내 마음이 머무르는 곳에는
뼈저린 아픔과 고통 가운데서도

아름다운 사랑의 꽃을 피워내지요

긴 세월을 어둠의 방황 속에서
피어나는 그리움속 사랑의 꽃을 찾아
가슴에 끓어오르는 용암처럼

오늘도 무성산 풀더미 속을 헤매는
나에게 문득문득 가슴 깊은 곳에서
울컥울컥 분출되어 올라오네요.

이슬비 내리는 저녁의 소고(小考)

비바람 불어
어둑어둑한 저녁
뜰 앞을 거니는데

그제 구름 뒤에 숨어있던 보름달
방그레 웃는 모습은 어디로 가고

깜깜하고 공허한 하늘에
이슬비만 소리없이 내려

늦은 봄비에 목마른 이
뜰 앞에 이슬비 맞으며 걷고 있네.

붓글씨를 쓰는 마음

붓글씨를 쓰려고 붓을 들었다
잘 쓰려고 손에 힘을 주어도

글씨는 바르게 써지지 않고
자꾸 비뚤어지게 붓이 나간다

누가 지켜보면 더 써지지 않는 붓글씨,
글씨 하나 바로 잡지 못하는 내가

어찌 가정을 이루고 살았는지
의구심이 든다

약이 올라 다시 한번 써보자고 다짐한다
떨리는 손으로…

일일일성(一日一省)

피어오르는 꽃은
웃고 있지만
소리를 내지 않으며

뒷동산의 새는 울고 있어도
눈물을 보이지 않는데

내 모습은 어떠한가
조금 좋으면 파안대소(破顏大笑)하고

조금만 안 좋아도
얼굴은 울상이 되니

이 얇고 조급한 마음을
어디에 하소연해야 하나~

신뢰(信賴)

내가 그대를 믿듯이
그대도 나를 믿는다고 생각한다

믿음도 그러하듯이
사랑도 같으리라 본다

날마다 일상 중에서
신뢰관계가 어려우면

다른 관계도 마찬가지 이리라

반드시 내가 벌린 일은
그 결과가 내게 돌아오는 것이 순리이다

오늘도
이 신뢰관계를 잘 맺는 날 되기를…

까만 그리움

그리움이 곁을 떠나
서울 다녀 왔다

며칠 동안 빈 공간에
그리움이 가득 찼다

그리움은 시공을 넘어
서울도 넘나든다

저녁 하늘에 내리는
까~만 그리움은 빗방울 되어

그리움의 비를 맞고 있던
내가 제정신으로 돌아왔다.

출근하잖아요

취업이 안된다고
포기하지 말아요
아직은 너무 일러요

길섶의 야생화가 미소로
이야기하고, 장마철 무더위에
스치는 시원한 산들바람은 속삭이며
실망하지 마 곧 취업될 거라고…

70이 넘은 나도
오늘부터 출근하잖아요

무성산 정상에 올라
평택항의 서해대교를 바라다 봐
푸른 바다가 보이잖아~

숲 속의 산새들도
노래하며 축하하지요.

나는 당신의 것

다습한 바람이 몰려옵니다
장마가 오려나 봐요

오늘도 당신이 원하시면
사용하여 주십시오

이 몸 다하는 날까지
당신의 심부름꾼이 되어 드리리다

아무리 비바람이 불어와도
나는 당신 곁을 떠날 수가 없어요

당신이 날 버리지 않는다면
나는 영원히 당신의 것입니다

이 생명이 다하는 날까지
당신의 지킴이입니다.

골뱅이가 생각난다

비 오는 날이면
어디론가 떠나고 싶은 마음이다

젊은 시절 자주 다니던
을지로 입구 다동 골뱅이 골목에 가고싶다

이번 주 중 한 날 잡아서
친구와 약속이라도 하여 떠나보자

무덥고 지루한 장마가
골뱅이에 마음을 가져다주었다

자꾸만 골뱅이가 생각난다.

끝없는 기다림

여자아이는 날마다 기다린다
이제는 돌아올 때가 되었지
하지만 그 사람은 돌아갈 마음이 없나 보다

수십 년의 시간들이 지나갔지만
옛날 그대로이다

언제나 변할까
그 아이는 그 사람이 변하여 돌아오기만을
기다리고 기다린다

머리칼은 희어지고 얼굴에는 주름이 피어난다

하지만 그 아이는 포기하지 않고
오늘도 기다리고 있다 그 사람에 대한
미련을 버리지 못하고…

기다리지 말아요
한번 뒤바뀐 마음은 돌아오지 않아요

그래도 미동도 않는 그 아이는
가슴이 조여드는 아픔을 어쩌지 못한다

진달래의 일생(一生)

연한 빛깔 진달래의 곱디고운
모가지를 가늘게 늘이고

봄바람에 맞서온 분홍빛 진달래여
너는 해마다 봄이면 새로 피어나

오랜 세월 지나 몸뚱이에 상처 입어
빛바랜 희뿌연 색깔로 변하여도

어쩌면 뒷동산 언덕배기 길 옆에
쪼그리고 앉아 가느다란 꽃술을
날름이며 집 나간 벌님을 기다리는

네 모습은,

챙챙 엉키어 감겨져 풀리지 않는
실타래처럼 처량하게도 그 자리를 고집하며
지키고 서 있구나

해마다 피는 뒷동산 언덕배기 길에~

나드리

아픔일랑, 슬픔일랑은
다 잊고,

고요히 흐르는
평택호 수면 위를 날아 보자

말이 없는 호수도
오늘따라 다 받아 준다고 오란다.

꼭 지켜야

건강이 자기를
버리지 말라고 바싹 다가선다

사랑도 자기를
가까이하지 않으면 안 된다고 경고한다

건강과 사랑,
모두 잃지 않으려면 열심히 운동하고

가까이 있는 이들에게 배려하는
마음을 실천하는 것이

이 장마와 더위를
이기는 방법이 아닐까요.

내 마음이 있는 곳에는

내 마음이 있는 곳에는
늘 당신이 계시지요

이제 당신은 아프지 않을 거예요
당신이 있는 곳에는 내가 있으니까요

오늘도 안개 낀 새벽에
무성산 평택 숲길을 걸으며

다시 한번 다짐해 봅니다
당신이 내 곁에 있는 동안 아프지 말라고

기도하며 걷는 이 마음은
오롯이 당신을 향한 진실한 마음입니다.

가슴속에 맺힌 그리움

들 안개 자욱한
도곡(道谷) 산 아랫마을을 찾아가는

지긋한 황혼의 사내가 있다
가슴속에 빼곡히 채워진 그리움을 안고

지난 격정의 세월 속 사연들을
가슴 깊은 곳에서 꺼내어 되뇌이며

발걸음이 다다른 곳은
그가 태어나고 뛰어놀며 자라온

가슴속에 그리어 오던 고향 평택이었다.

비명(悲鳴)

울고 싶으면 울어라
눈치 보여서 어디 한번
실컷 울어 본 적 있더냐

이제 때가 저물었으니
울고 싶은 대로 울어라
맘껏 울고 나면 시원함도 있으리

비바람 몰아치는
장맛비도 마음을 읽었는지
세차게 창문을 때린다

그 사람

언제 만나도 편안한 사람
그 사람은 그런 사람이다

만나면 상대가 무엇을 원하고
있을까를 먼저 생각하는 사람

오늘도 그 사람은
상대의 마음을 살피고 있다

이제부터 나도 상대를 먼저
살피고 생각하는 사람이 되어야 겠다

파도

부서지는 파도로
감미로운 미소를 지으며

손짓하며 다가오는 사랑
하지만 여름 태풍에 파도는

사나운 독수리처럼
매서운 발톱으로 할퀴듯이

달려드는 장난꾸러기 파도
그대는 바다의 무법자

이번 여름에는 얼마나 많은
연인들을 해변으로 불러 모을까

그대의 향기

그대의 향기는 담장 너머 장독대에서
스며나오는 잘 익은 장의 단맛이 납니다

그대의 향기는 피어오르는 불꽃 연기처럼
소리없는 그윽하게 나를 감싸았습니다

그대의 향기는 잠잠히 풍기는
아로마향처럼 내 곁에서 맴도는 사랑입니다

그대의 향기는 7월 저녁의 어둠이
스멀스멀 내리는 평택호 호반 위로 피어오르는 저녁 물안개처럼 말없
이 다가와 내 품에 안깁니다

때로는 달달한 맛으로,
때로는 애끓는 정으로,

잠시라도 내 곁을 떠나지 않는 그리움으로
오늘도 차곡차곡 쌓아가는 나의 친구입니다

심상(心象)

겉모습과 속 모습이
서로 다르게 느껴진다

날마다 생각하는 마음도
겉과 속이 다르다

페르소나의 이면(裏面)에 숨겨진
겉 마음과 속 마음이

매일 서로 엉키고 싸워서
이긴 쪽이 얼굴에 표상(表象)으로 나타난다

이제 겉과 속이 정의로 통일되어
좋은 사이의 친구가 되었으면 좋겠다

바람에 흔들리고 싶다

때로는 가끔씩
나도 한번 비틀거리고 싶다

때로는 가끔씩
나도 한번 바람에 흔들리고 싶다

아무리 정도로 살아도
누구나 외롭고 그리울 때는 있다

비틀거리고 싶으면
비틀거리며 한껏 걸어 봐라

흔들리고 싶으면
바람에 맡기고 한껏 흔들려 봐라

그래야 막혔던 길이
보일 수가 있을지도 모른다

그냥 이 저녁에 실행하여 볼까

새우등

비가 오려나 보다
마당 끝 멍석에 펼쳐진 고추를 거둬야지

할머니는 새우등처럼 휘어진
허리를 추켜 세우고 밖으로 나가신다

할머니는 일기예보관처럼
비가 온다며 연신 멍석을 털어 올리시며 중얼거린다

그렇게 굽은 허리로 뙤약볕에
농삿일로 자식들 학교 보내 다 키워냈으니
자식들이 못될 리 있나

그 여러 자식들 객지 나가 출세하였어도
할머니의 삶은 늘 같은 방식이다

할머니는 멍석에 펼쳐진 고추를 거두면서
오그라들어 굽은 허리 제대로 한번 못 펴 보고

어느 해 여름 한 많은 세상을 등에 지고
고추가 빨갛게 익어가는 초갈 무렵 푸른 창공에
나래를 펼치시어 날아가셨다

창가의 그리움

파란 하늘을 맴돌던 그리움이
구름 뒤로 숨는다

내 마음은 벌써 그리움을
찾아나선다

한낮에 내리는 이슬비의
빗방울 속에도,

푸르름을 자랑하는 가로수의 나뭇잎에도,

아침 산책길에서 만난
이름 모를 야생화의 꽃잎에도,

그리움은 거기에 머물고 있었다

무더운 복더위의 틈새 골목으로
찾아드는 소슬바람을 타고 온
창가의 그리움도 날 기다린다

눈을 감으면 더 많은 그리움들이

이른 아침 동네 뚝방길에 피어오르는

나팔꽃

나 네가 있어
날마다 행복하고 즐거워

팔방미인은 아니지만
갸름하니 예쁘기도 하고

꽃다운 감미로운 향기가 나니
이보다 더 귀여울 수가 있을까

내 님을 기다리며

기다려도, 기다려도
내 님은 돌아오지 않고

저무는 붉은 하늘이 서해바다에 빠졌다

창밖에는 퇴근길로 오가는
자동차들만 도로에 가득하다

베란다의 행운목이
큰 키를 자랑하며 내려다보고 웃는다

내 눈은 게슴츠레 새우젓 눈으로
현관문만 바라다보고 있다

도착시간이 다 되었는데…

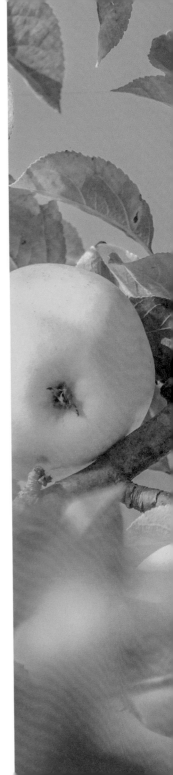

너는 지금,

부서지는 파도속으로

들어가고 싶은 충동속에

벌써 헤메이는 사랑이

대기하고 있잖니

파도가 부르는 동해안으로

헤쳐모이자 어서

벌거벗은 이들이여!

청사과

8월에는
청사과가 익어가는 계절

대머리에 검버섯이 생겨
할배의 머리통 같지만

한입 입안에 넣으면
풋풋하고 상큼한 맛이 그만이라

무더위에 영향 보충하라고
과일가게 진열대 위에 청사과의 모습

나를 보고 히죽이 웃고 있네

산(山)

산, 산, 산은
언제나 자존감이 강하다

비가 온다
바람이 분다
계절이 바뀐다
천둥번개가 치더라도,

묵묵히 그 자리에
자기 자리를 지키고 있다

아주 의젓하고 당당하게
중후한 품격으로…

8월이 다 가기 전에

우리 8월에는
금모래 빛 반짝이는

동해안 해변의 작열하는 태양아래
춤추는 푸른 파도가 손짓하는
그곳에서

우리, 불타는 뜨거운 사랑을 나누어요

태양은 이글이글 타오르고
시나브로 우리들의 사랑은 빨갛게
익어갈 거예요

우리, 그런 사랑 나누어 봐요

그럼, 빨리 스케줄을 잡아봐요
이 불타오르는 8월이 다 가기 전에…

최인호

당신은 타오르는 분수

숏아라
가슴에 담긴 뜨거운 불길 머금고,

숏구쳐 오르는
울분으로 인해 흘린 눈물이 얼마이런가

하늘 높이 숏아오르는
눈물 기둥은 평생 동안 쌓인 화기의 숨통

뻗쳐오르는 불기둥의 세기를
힘들게 조절하는 가족들의 얼굴이 보인다

타오르는 불꽃의 울분이 식혀질 때까지
시원하게 숏아 오르거라

나박김치

섬섬이 썰어 넣은
동그란 조각들이

발갛게 달아오르니
국물 위에 떠있는 향연의 예술,

우리 집사람 손톱 같은
조각배들의 디아스포라

얇은 사 가만히 유려하네

한번, 코끝에 닿으니
그 향이 환상일세

점점이 흩어진 조각들을
숟가락에 모아 입으로 넘기면

그 감미로운 맛을
어찌해야 좋을지 모르네

지나가는 것들

갈 것이 다 가고 있다
그리 무덥던 삼복더위도,

무섭게 퍼부어대던 장맛비도
때가 되어 서서히 물러나는 모양새다

들길에 꽃피우던 야생화도,
시나브로 꽃잎이 떨어지고
고운 자태가 흐트러지고 있다

내 마음속에 움츠리고 있던
그리움도 한 움큼씩 가는 계절과
이별 준비하느라 한창 바쁘게 움직인다

오로지 변하지 않는 것은
자연을 사랑하는 이름없는 시인의
애틋한 마음,

시인은 여전히 하늘과 별, 구름 사이로
드나드는 해님과 산위에 부는
시원한 바람과 푸른 나뭇 가지 위의 산새들
그들을 사랑하고 있지 않는가~

작은 이파리 하나

푸른빛 나뭇가지에 달린
작은 이파리 하나,

바람 불고 검은 구름이 몰려와도
파르르 떨리는 작은 이파리 하나로

주위를 지키고
자기를 지키기에 힘든 안간힘

당신

당신이라는 두 글자 속에는
내게 가장 정감이 가는 동시에
아픔과 어려움이 떠오르는 단어이다

당신이라는 두 글자 속에는
가깝고도 먼 내면이 존재하고
있기 때문이 아닌가

가장 가까우면서도 어렵고 먼 존재가
바로 당신이라는 두 글자의 사랑의 의미를
깨달기는 그리 쉽지가 않다는 것,

이제 인생의 종착지점 가까이 와서야
스스로 깨달음이 오는

당신이라는 두 글자를 생각하면
아픔과 어려움과 정이 어린 애틋함이
동시에 깃드는 말이다

'당신'~

앓는 그리움에 빠지고 싶다

그리움이 아픔이 되어
코발트빛 하늘바다에 빠졌다

가끔은 애절한 그리움에 빠져
허우적거릴 때도 있지만

그래도 어둠의 터널을 지나
새벽이 오면 붉은 태양은 솟아오르지

우리네 일상은 때로는
삶의 아픔 속에도 빠지고
사랑하는 이를 향한 그리움에도 빠진다

그대는 땅 위를 걷는 남자의 따까리

그대는 땅 위를 걷는
남자의 따까리로 내게 와

그 수명이 다하는 날까지
내 곁에서 나의 동행이 되었구나

아이고, 냄새야
당신의 지체를 보호하는 것도 이제 그만

이 고약한 냄새를 감내하며
지나온 세월이 얼마이런가

그대는 혹서(酷暑)의
무더운 여름도 잘 견디어 주었지

이 세상에 그대만큼
내 곁에서 나를 지켜준 이는 없을 거야…

오늘 고마운 그대에게
예쁘게 단장을 시켜 자르르 윤이 나네

* 따까리: 경상도 지방의 방언으로 병뚜껑 등에서 유래된 말.

재봉(再逢)

어두운 밤바다에 새벽이 오니
하강하는 기온이 곤두박질치고

건넛방 잦은 기침소리
새로운 하루의 빗장을 연다

새벽 대지를 감싸 안은
하늘바다가 땅을 내려다보며 웃고 있다

저 하늘바다 뒤편으로
드나드는 배에 내 손님 실어 보내니

물결이는 구름 속으로 사라지네

가시는 님이시여,
이제 우리 미리내 강 건너서
다시 만날 날을 고대하자

님 바라기 꽃

꽃밭의 해바라기는
해님만 바라보고 곱게 피어나는데

내 맘속에 님 바라기 꽃이 피어
온종일 그만 바라보는 님 바라기 꽃이 되었네

바라보는 눈망울이 어여뻐서
고운 마음 간직한 님 바라기 꽃은 더 곱지요

초가을 처마끝의 따가운 햇살이
키스하자고 노란 볼을 간질이네요

시나브로 가을이 익어가니
농부의 얼굴이 황금빛으로 빛나고

고개 숙인 누런 벼 이삭이
풍년을 노래 불러요

밤샘의 눈물

온 밤이 새도록 내리는
여름밤의 이슬비는 그리운 님을 부른다

그 님 그리워 창문을 여니
기다리는 창가에 그리운 님,

가을을 나르는 새벽비 타고 오신
그리운 님이 서 계시네

새벽비로 갈아탄
까아만 그리움이 추녀 끝에 눈물되어 내린다

떠나가는 여름을 아쉬워하면서…

비 오는 날의 소고(小考)

가을이 오는 길목에
힌남노가 북상한다고 왁자지껄,

착잡한 마음으로
그들을 맞을 준비를 하며

틈새에 님 그리워
뒤척이는 마음을 내 님은 아실까

창문을 때리는 빗소리에
님 그리는 이의 가슴을 달래보네요

밤 빗소리에 우리 님
단잠에서 깨실까 걱정이 두 근
반 세 근 반,

어디서 밤 부엉이 우는소리~

9월에는

9월에는
무더운 여름날을 잊어요

황금들녘에 펼쳐진
벼 이삭들이 달빛에 넘실대고

들녘에서 들리는 가을노래가
숲 속에도 숨어서 속삭이네요

멀리 콤바인으로 벼베는
농부의 얼굴이 황금색으로 변해요

우리 9월에는
풍년 가을을 노래 불러요

사고(思考)의 강(江) 물

사고(思考)의 강(江) 물은
지금 가을의 문턱을 지나고 있다

막 태어나는 생각들이
흐르고 흘러서 현재의 시점에 다다랐다

당신의 수많은 사고(思考)들이
잠시(暫時)도 쉬지 않고 사고의 강을 흘러서

인생의 교란 전파(攪亂電波)의 방해에도
여전히 사고의 강을 타고 흐르고 있지요

그동안 잘잘못의 각종 사고들이
끊임없이 흘러 강물을 이루니

넘치는 사고의 강물은 잠시 멈출 곳을 찾아
지금 당신이라는 중간 섬에 기착하고 있네요

그리운 사람들

눈 감으면 떠오르는 그리운 사람들,

갯고랑에 들물이 차오르면
빨간 등에 안테나 세우고 달려 나가는
황바리들의 대열,

이리 뛰고 저리 뛰어오르는
갯망둥어들의 향연,

작은 어촌 포구에 고깃배가
들어올 시간이면 하나, 둘씩 몰려드는

낯익은 사람들의 검붉은 얼굴에는
희망의 꽃이 피어오른다

막, 정박하는 선창가 고깃배에서 내린
꽃게랑, 밴댕이, 강다리, 황새기, 숭어들이
춤을 추고 있다

아~ 잊을 수가 있을까
꿈에 본 고향의 그리운 사람들아~

새벽의 고요

여전히 새벽은 온다
심하게 바람 부는 날에도, 비가
오는 날에도

캄캄한 새벽하늘에
고요가 찾아오면
온 세상은 적막에 빠진다

해님이 떠오르기 전
새벽하늘은 고요하고 아름답다

오늘 하루도 그분의 도우심으로
새로운 새벽의 문을 연다

감사하고 고마우신 그분이
고요의 문을 여시고 내 곁으로
찾아오시었다

가만히, 조용히~

당신이 오실 때까지

몸은 힘들어도
마음은 아직 가을 하늘을 날아 오른다

아침 하늘은 더 맑고 고요하니
가슴에 파란 마음을 퍼 담아 간직하고 싶다

이른 아침 당신이 오시는 길에
깔아 드리고 싶어 온종일 가슴에 담아 기다리련다

당신이 오실 때까지…

오늘따라 더 당신이 계시기에
이 사람이 존재하게 됨을 느낍니다

어디로 간다는 말은 하지 마오
메어지는 가슴 어찌할 바를 모릅니다

당신에게 기울은 오직 마음으로
이대로 살고픈 것이 진실이라고 말하고 싶었습니다

음지(陰地)에 피는 꽃

그늘진 곳에서도
버섯은 곱게 피어난다

우리의 삶도
늘 양지(陽地)만 있는 것이 아니다

양지가 있으면
음지도 있어 늘 교차해서 나타난다

그대가 서 있는 곳은
양지인가, 음지인가~

비록 지금은 음지에 있어
그늘 속에서도 피어나는 버섯처럼,

날마다 양지만은 아니라
음지에서도 아름다운 꽃을 피울 수 있다는 것을~

이 가을의 바람

그대가 계신 곳이라면
내 한몸 사리지 않고 한걸음에 달려가련다

그대가 날 원하는데도
이 몸이 달려가지 못한다면 잘못된 것이지요

그래 오직이야 이 마음 변하지 말고
천상 여행하는 그날까지 계속 이어가길
바라는 마음 간절해요

그대의 따뜻한 마음과
가냘픈 가슴에 정 많은 온기가
잠시 떨어져 있는 이곳에서도 느껴집니다

무성산 둘레길 숲속에서 가을을 노래하네요
산새들과 풀벌레들의 노랫소리가

삐삐~삐삐~찌르르~찌르르~
찌~찌~찌~찌~

저물어 회사를 나서면

저물어 회사를 나서면
집에 기다리는 이가 있으니

어려움이 어깨를 누를 때
생각해 주는 이가 있어서

심심하고 외로울 때
뒷동산 둘레길을 걸을 수 있으니

난 괜찮은 사람

그리움의 꽃

무성산 둘레길에
그리움의 꽃이 피었다

10월에 꽃이 진다
그리움의 꽃이 진다

흐드러진 꽃들의 향기가 그립다
무더웠던 세월의 그리움이 진다

그리움의 잔영(殘影)들이
하나, 둘씩 떠나가고 있다

길섶 야생화의
그리움들이 떠나가고 있다

가을비

가을비 흩뿌리는 저녁
까아만 어두움이 내려앉는데

까만 점, 하얀 점, 한 점 한 점
아빠와 아들의 오목 두는 소리

가만히 창문을 열고 마지막 남은
마음의 찌꺼기들을 닦아내고 있지요

그대의 이 저녁은 어떠한 가요
비껴간 여름을 멀리하고

자꾸 따듯한 곳을 그리워하며
계절의 변화를 느끼는 길목에 서 있네

님이 오시는

님이 오시는 창가에
귀 쫑긋이 세우고 기다리는 마음

나날이 붉게 물들어가는
단풍 군(群)의 띠가
새록새록 귀여운 이때

간절히 기다리는 님이 계시니
갑자기 내려가는 기온도 두렵지않아

님께서는 이 마음을 아시겠지요
가슴속에 숨겨진
그리운 님의 마음이

따듯하게 온몸을 덥혀 주네요
님 그리는 이 마음이
이어지기를

어느 하루의 일상(日常)

침상에서만 생활하신지가 6,7년 되신
할미를 84세의 할배가 정성으로 모시다가

이제 기운이 달려서 못하겠다며
하소연하시는 우리 은사 교장선생님

얼마 남지 않은 여생을 할미 마나님 모시다가
다 간다며, 가는 세상을 어찌하면 좋으냐고 하신다

제자는 쉬운 말로 요양보호사한테
맡기시지 않느냐고 여쭈니 할미가 싫다고
하신다니 늙어 힘들지만 내가 보살피는
수밖에 없다고 하시니 이를 어찌해야 할꼬~

나이 들어 아픈 것은 어찌 못하나
옆에서 보살피는 할배는 어떡하냐고

나오는 것은 한숨과 끈끈한 눈물뿐이니
자식도 소용없고 할배가 어렵게 그 곁을 지키다

할미랑 가시겠다 하신다
내 하찮은 놈이지만 오늘따라 자꾸 눈물이 난다

남의 일 같지가 않아서…

한 조각 그리움 되어

자꾸만 내려가는 밤공기도
나의 가슴을 차게 못하니

떨어지는 낙엽들이 대지를 감싸듯이
그분의 온기가 난로를 지피기때문이지요

오늘도 그분의 따스함이
내 가슴에 한 조각 그리움 되어 내려 앉네요

가을 걷이 끝나가는 들녘에
떨어진 낙곡 찾아 몰려드는 허기진 새떼들도

포근한 대지가 가슴을 열어
포옹하지요

젊음

가슴에 벅차오르는
뜨거운 열기의 솟구침

귓전을 울리는
사랑이라는 두 글자

밤새도록 백지에 그리는
그리움,
외로움,

그것은
젊음이 아닌가~

땅 위를 걷는 남자

날마다 오후 같은 시간이면
맨발로 땅 위를 걷는 남자가 있다

그 남자의 사연은 무얼까
만나서 물어보기도 뭐 하여

그냥 바라만 본다
말이 없는 남자의 발걸음은 가볍다

그 남자의 가슴에 숨겨져 있는
사연을 알고 싶지만 감히 묻기가 어렵다

아마 저 파란 하늘은 알고 있겠지
구름 한 점 없는 하늘이 말없이 내려보고만 있다

군바리 모자를 눌러 쓴 그 남자는
아무 말 없이 맨발로 땅 위를 걷고만 있다

당신의 뒷모습은

한 잎, 두 잎의
빛바랜 낙엽이 떨어져 대지로 돌아올 때

그대의 삶도 변화를 버리고
터닝하여 출발지로 돌아가는
아름다운 모습을 그려봅니다

새로운 시작을 알리는
변곡점(變曲點)에서 고뇌하고 성숙해가는
당신의 뒷모습은 아름답습니다

그대는 지금 어디쯤 서 계신지요
한번 뒤돌아보시지 않을래요?

괜스레 가슴이 설레고

누구를 좋아한다는 것은
아주 자연스러운 현상인데

괜스레 가슴이 설레고
잠자리에 누우면 새벽이 그립다

자꾸만 떠오르는 그대는
누구신가요?

우리의 삶 속에서
제일 변하지 않는 먼저
지켜야 하는 진실과 사랑이다

그 사람을 보기만 해도
가슴이 달아오르고 설레는 것은 진실이다

진실은 끝까지 변하지 않는
색깔의 진주이다

세상을 향해 이 진실을
가슴에 안고 달려 나간다

해바라기

해님을 그리워하다가
해바라기 꽃이 되었네

그 애절함이 다하여
해님만 바라보는 해바라기로

절절히 쌓인 꿈이
씨가 되어 송골송골 한으로 맺혀

해님을 향해 한줄기로 올라가
목이 꼬인 해바라기 되었나…

이 비가 그치고 나면

가을비 내리는 날
집을 나서니 하늘에는 검은 구름이,

가로수가 호위하는 보도(步道)에는
우산들의 어울림이 좋다

이 비가 그치고 나면
곧, 하얀 옷 입은 그 님이 오시겠지요

가까이 다가오는 그 님을 기다리는
마음으로 길 위에 떨어지는 낙엽을 본다

참 얄궂은 우리의 삶도 말없이
변화하는 자연의 섭리에 감사할 때다

하루를 정리하는
서재의 창가에 어둠이 내린다

겨울준비

자기몸에 저장시킨
붉은 선혈(鮮血)들을 가지로 보내
잎새에 다 내어주고는

앙상한 몸으로 겨울을 준비하네요

바닥에 쌓인 붉은 단풍잎은
떨어져 대지(大地)의 품에 안기지요

우리의 삶도 젊어서 붉은피는
다 자식들에게 수혈(授血)시키고

종국(終局)에는 빈손으로
파란하늘에 나래를 펼치고

그분의 품에 안기는
아름다운 모습을 그려봅니다

글이 피어나는 둘레길

절정에 이른 억새들의 속삭임,
장끼와 까투리의 밀회현장에서의 외침
고라니들의 달음질 행렬,

이 모든 것들의 자연현상이
무성산 둘레길을 걷는 이들에게
주어진 신의 선물이라고
둘레길 고라니의 발자국들이 말해주네

포근한 낙엽의 융단 길을
한 푼의 이용료도 없이 앞서거니
뒤서거니 걷는 사람들의 가슴속에
조금은 고마운 마음을 가지고 있어야

사각사각~ 사각사각~
저 흰머리칼의 갈대들이 속삭이고 있잖나

글이 피어나는 둘레길에서

그대와 함께라면

지금 걷고 있는 이길이
그대와 함께라면 얼마나 좋을까

혼자 걷는 이길이 짧았으면 좋겠네
비록 맨발로 힘겹게 걷고 있는 길이지만

그대가 원거리에서라도
이 사람을 응원하고 있으니
큰 위로가 됩니다

초겨울의 오후 해는 짧아요
속히 돌아오시길 기다립니다

간절히~간절히~

공감(共感)

점점 하강(下降) 하는 기온이
야속하기만 한 노인(人) 세대는

젊은이들과의 통(通) 함의 끈을
구축(構築) 하기 위해 노력을 해야 해

가만히 있으면 열린 구멍이 막혀
어두운 생활을 해야만 하잖아

좀 부지런을 피워서라도
손주들과 소통(疏通)을 시도해 봐!

외롭지 않고 살만한 세상이 보여^^

중독증(中毒症)

심한 몸살에 빠진 날들이
점점 늘어만 가네요

순간순간 그리운 얼굴들이 떠올라
실생활에 지장이 있는 지독한 그리움
중독 증후군(中毒症候群)에 빠져 있어요

둘레 길섶에 옹크리고 앉아 있는
야생화(野生花),
얼굴을 스치는 상큼한 바람,
매일 아침 만나는 그리운 동행인(同行人)들,

모두가 몸살을 앓게 하는
그리움 중독 증후군(中毒症候群)의 요소(要素)들 이지요

아침마다 일어나는 모든 실상(實相)의
지독한 그리움 중독 증후군(中毒症候群)에
빠졌다

아직도

어떻게 하면
제대로 된 길을 갈 수 있을까

아직 늦은 시간까지
어디로 갈 바를 모르고
뭉그적거리고 있네요

이렇게 망설이다가는
비단 같은 세월 다 보내고 말라
어서 깨어 주위를 둘러보자

남들은 그리도 잘 나가는데
왜? 당신은 서성이고 있나

동네 길섶에는
아직도 포기하지 못한
피움을 계속하고 있는
야생화가

마지막까지
아름답지 아니한가~

탄생(誕生)

한 작품이 세상에 태어나기 위해서는
깎고, 갈고 닦아 연마(研磨) 하는
작가의 각고(刻苦)의 노력이 필요하듯이

우리의 삶도 늘 갈고 닦고
기름쳐서 훌륭한 인생의 탑(塔)을 쌓아가는
그 모습이 아름답지요

길가에 홀로 선 한 그루의 마가목도
그 어여쁜 열매를 맺기 위해 긴긴 시간들을
방해물(妨害物)들과 투쟁(鬪爭)해 오지
않았을까요~

친구

가슴속 깊은 곳에는
에리고 아픈 마음이 숨어 있지만

그 마음은 표출하지 않고 얼굴에는
환한 미소와 상냥하고 고운 마음만 토출하는
그대가 있어
우리는 행복한 사람입니다

깊은 가슴 옹달샘에서 우러나오는
산소같은 그 마음이 곱고 아름답습니다

고운 마음 간직한 그대는
진정 우리들의 소중한 친구입니다

오늘도 건강하시고 행복하세요

약속

무성산에 첫눈 내리면 만나자던
약속을 님께서는 잊지 않았겠지요

날마다 기다려지는 그 기다림이
견딜만한 것은 님에 대한 바람이 오롯이
변함이 없어서 인가 봅니다

님께서 이 사람에게 기대어오시는
무게가 벅차온다 해도 상관이 없습니다

님께서 주신 뜨거운 마음에 비하면
아직 멀었지요 아직도~

곧, 무성산 정상에 첫눈이 내릴
것 같네요

따듯한 커피가 다 식어 가요
님을 향한 뜨거움도 식지 않았으면 좋겠어요

벌써, 크리스마스 캐럴이 흐르고 있지요
님께서도 곁에 계셨으면 얼마나 좋을까~

편지

해맑은 가을 하늘에
사연 실은 조각배 띄워

님 계신 곳에 보내드리면

볼 밝은 환한 미소로
반가운 편지 한통 실어 보내리

님의 편지실은 조각배
하늘호수길 타고 도착할 때에

두 손 내밀어 맞이하리~

첫눈

첫눈이 내리면
제일 보고픈 사람은 누구일까

하얀 눈꽃 송이 송이로 만든
세상에서 가장 멋진 면사포를 얹고

웨딩 마치에 맞춰 춤을 추는
근사한 장면을 연출해 보고 싶은 사람

그 사람은 바로 사랑하는 님이겠지요

지금 연출하여 그 모습을 회상하면서
그림을 그려봐요

혹여,
하늘을 향해 날아가지는 마시고~

타오르는 불꽃처럼

흰 눈이 내리고 손발이 얼어도
그대 향한 이 마음은 변하지 않아

벽난로에 타오르는 불꽃처럼
펄펄 끓어오르는 열기로 이 겨울의
추위는 도망갈 채비를 해야겠지요

무성산 둘레길에 서 있는
나무들도 겨울나기를 시작하여
진작에 가지에 물을 뿌리로 보내고

앙상한 가지와 몸통으로
겨울을 따뜻한 대지의 어머니 품에
안기어 보내지요

우리 흰 눈 내리는 날
머리에 핀 흰 눈꽃 송이 이고
무성산 둘레 길섶에서 만나요

그냥 혼자라도 문 박차고 나갈거요
그곳에는 이 가슴 편하게 하는

새벽의 소원

아프지 마라
아픔은 누구에게나 찾아온다지만

가능한 한 내게는 오지
않았으면 하는 것이 아픔과 고통이다

이것이 욕심일까
곁에 있는 이들은 제발 아프지 마라
내 맘이 아프다

눈 내리는 이 새벽에 소원해 본다

고통과 아픈 것들은 다 걷어내고
붉게 솟아오르는 태양을 바라보아라

이 아침에~

지남철(指南鐵)

그 님은 지남철(指南鐵)이다
가까이만 있으면 끌어당긴다

오랜만에 님의 끌림에
나도 모르게 옮겨지는 발걸음
점점 속도가 빨라지고 숨이 차온다

오늘은 그 끌림에
내 모든 것을 맡겨 보련다

지금 막 강력한 자력(磁力)
의지하여 그 님을 끌어당기고 있다

떨리는 듯
더 강력한 자력으로

바라보는 마음

이 사람을 바라보는
마음이 한결같음을 알고 있지만

당신의 마음을 아프게 하면
정말 싫어요

차가운 새벽 공기가
혹여, 세상 밖의 인심이
그대의 마음을 상하게 할까
걱정이 됩니다

고운 마음 간직하고 바둥바둥
애쓰는 당신, 그대는 아름답습니다

늘, 지켜보고만 있는
이 사람을 용서하시기 바랍니다

월광견문(月光見問)

밝은 달을 바라보며
그녀 생각을 하노라면

저 달은 나의 마음을 아는 듯
살포시 미소 지으며 조용한 목소리로
속삭이며 다가오네

그대는 그 님을 사랑하느냐고
물으면 사랑이라는 말을 할 수가 없습니다
라고 대답할 수밖에요

그만큼 사랑은 아픔 속에서
어려움과 용서와 희생 가운데
만들어지는 이념의 존재라 할까요

그러기에 함부로 이야기할 수 없어요
달님은 알았다는 듯이
더 정겨운 미소를 보내온다

다짐하는 마음으로 양보하고
받는 것보다 주는 것이
사랑에 접근하는 방법이라는
결론을 얻었지요

오늘처럼

삶도 죽음도
지나가는 인생과정의 하나

물의 흐름과 같이
흘러가는 시간과 같이
지나가는 과정의 하나

어제의 아픔도
오늘의 기쁨과 즐거움도
또 지나가지요

그럼, 새로운 내일을
다시 기다려야 해요

오늘처럼~

이 순간이 가고 나면

흰 눈이 내리는 날
난 만났지
하얀 눈송이로 뒤덮인
너와 나의 친구들을

우산도 쓰지 않은
무성산 둘레길 길섶의
흰옷 두른 친구들은
눈만 내놓은 채 보고만 있었지

지금 이 순간이 가고 나면
또 다시는 오지 않아

내리는 하얀 꽃 송이송이
너와 나의 머리 위로
콧등으로, 손등에도

수많은 친구들의
가슴에도 따듯하게 타올랐지

백설화(白雪花)

낮에 흘린 눈물이
밤이 되니 고드름 되어

그 희고 고운 자태가
서릿발 두른 투명의 뼈로

애처로운 네 모습이
내 맘에 이 가슴에
차디찬 등걸이 되어 박힌다

곧, 따듯한 봄이 오면
내 맘에 이 가슴에 박힌
등걸을 녹여 주겠지요

그때 겨울은

얼어붙은
한강 바닥을 가방 들고
걷던 학생 시절

왜 그리
그때 겨울은 추운 건지

바람은 시베리아
동토의 바람

개털 귀마개도
그리 따듯하지는 않아

파란 강바닥을
내려다보며 걷던

그 통학 길이
모태가 되어

지금의 아마추어
시인 한 명을 길러 내셨네요

이 아침의 소회(所懷)

사랑과 마음의 상처는
시간이 흐르면 잊어지지만

이렇게 추운 날
현실의 고통은 어떻게

감내해야 하는지
찬바람 들어오는 집에서

홀로 연로하신 그분들의
고통은 어떠할까

이 추위가 지나가야
차가워진 어깨와 팔다리에
온기가 돌지 않을까

속히 따듯한 봄이 왔으면~

겨울밤의 밀월여행

낮에 와글와글,
저녁에는 어둠과 고요가
그리움이 되어 내 곁을 맴도네

그래도 그리움이
곁에 있으니 행복한 마음이 든다

그리움이 벗하여
덜 외롭고 사모하는 님이 되어

그 님 사모하다 긴 겨울밤의
꿈속으로 밀월여행을 떠나는
이 밤은 행복한 밤이다

그대도 달콤한
겨울밤의 밀월여행을 떠나 보심이

외로울 때는

외로울 때는 주위를
둘러보아요

나보다 외로운 이들이
많다는 것을 알게 될 거요

그 많은 외로운 이들은
이 추위에 어떻게 겨울을 날까

하지만 이 외로움이 있기에
지금 우리는 행복을 느끼고 살지요

혹여, 이 겨울의 추위 때문은
아닐까요~

추위는 봄이 되면 물러날 겁니다
너무 외로워하지 마세요

누구나 외로움과 친구로
사귀다 보면 어느새 봄기운에
빠져 있을 거예요

주고 싶은 마음

주고 싶은 마음과
받는 마음은 서로 공유되는
부분이 있어

주는 사람의 마음이나
받는 이의 마음이 서로 통함으로
고마워하고 감사하며 교감하지요

이 주는 마음은
사랑이 없으면 실행하기 어려운
덕목이지요

크리스마스와 연말을 맞아
사랑하는 사람과 이웃 간에

서로 주고받는 아름다운 마음들이
흰 눈꽃처럼 피어나길 바랄게요

그리움의 꽃이 지고 나면

그리움이 꼭대기에 맺히면
가슴이 답답해오고 얼굴에 열꽃이 핀다

오늘 같이 사납게 추운 날
흰 눈꽃처럼 피어오르는 애틋한 그리움이
몽글몽글 깊은 곳을
파고들 때마다

너의 깊은 가슴 한켠에 남아 있는
터널 속을 헤매던 아련한 그리움이
내 품속으로 파고든다

이 그리움의 꽃이 지고 나면
길고 긴 수많은 나날들을 어떻게
지켜 나아가야 할까

새봄이 돌아오기 전에
나 이제 너에게 물어본다

그런 네가 좋아

너의 얼굴에는
주고픈 마음이 느껴져

너의 모습에는
사랑이 느껴져

너의 목소리에는
진솔함이 담겨 있어

너의 향기에는
감미로움이 흘러

그런 네가 나는 좋아
너도 날 좋아할 거지

따끈한 커피를 마시며

이렇게 추운 날이면
포근히 기대고 싶은 사람과
따끈한 커피 한 잔 마시고 싶다

잔잔한 음악이 흐르는
카페에서 그리운 사람과
함께 마시는 커피의 향이

새봄의 막 피어나는
봄꽃 여인의 내음처럼
콧속으로 스멀스멀 퍼지면

슬며시 그리운 사람의
어깨에 얼굴을 기대고
잠이 드는 모습을 상상하며

새록새록 성탄절 오후의
추억을 쌓아가는 길은
어느 시인의 아름다운 미학입니다

허심(虛心)

연륜(年輪)의 수레바퀴가
돌아갈수록 마음속에 있는

물욕(物慾)과 갖은
욕심(慾心)들을 버리지 못하고

연연(戀戀) 하므로
자기 자신이 추해지는 일이
많으니 나이 들수록

조심스럽게 가진 것들을
내려놓아야 마음이 편하지요

며칠 후면 한 바퀴 더 돌아가는
연륜(年輪)에 걸맞게

한번 웃어넘기며
비우는 삶을 살아가는
모습을 그려봅니다

초승달

차가운 초저녁
하늘 호수에
우리 아내 속눈썹처럼
사뿐히 올라앉은
저 초승달이

바시시 웃는
모습으로 내게 다가와
나, 보러 왔소?
라고 물으면
샛노란 그 모습이
머릿속에 아롱 되어
숨어버리네

오늘 저녁에는
저 서쪽 하늘에
그리운 님 되어
날 찾아오시겠지

소곤 소곤 하소연

둘레길 나무와의 독백은
정다운 대화로 소곤소곤 하소연을
잘도 들어준다네

줄줄이 늘어놓는 푸념도,
일상사의 뭇 이야기도 일말의
싫은 표정 하나 없이

다 들어주는 당신이 좋아
날마다 찾는 이 생활을 통해 삶의
보람을 느끼는 건 자신만의 자만일까

오늘도 의연하고 늠름한
당신 모습을 그려봅니다

약한 눈물을 보이지 마라

황량한 들판에
홀로 서 있는 당신이여

약한 눈물을 보이지 마라
지켜보는 이의 마음이 아프다

어차피 우리는 아파가며
살아가는 존재들이 아닌가

너와 나는
이 아픔을 가슴에 품고 태어난
슬픔과 고통을 안고 가는 운명체

너무 아파하지 마라

밤하늘에 반짝이는 별빛을 보라
이 작은 별빛도 저 높은 곳에서
다스리시는 그분이 너를 보고 계신다

신년원단(新年元旦)의 소회(所懷)

거짓과 가면은
내 곁에서 유혹한다

지난 해의 거짓과 가면으로
얼룩진 몸과 마음의 때를 벗겨내고

새로 문 열린 금년에는
깨끗이 닦인 몸과 마음으로

새문으로 들어와서
맑은 정신으로 가다듬고 있지요

동서지간인 거짓과 가면은
저 먼 동해의 푸른 바다로 보내고

진실과 정의의 새로운
역사를 쓰고 싶은 신년 원단입니다

허주(虛舟)

신년 초(新年初) 한 해의
계획과 실행할 물건들을 가득실은
배가 항구(港口)를 떠났다

연말(年末)이 되니
새로운 수확물과 결실을
만선(滿船)으로 돌아와야 할 배가
빈 배로 돌아왔다

하지만, 빈 배로 돌아오는
그 배를 반가이 맞이하신 당신

언제나 당신은
나의 따듯한 동반자(同伴者)였소

늘, 고마운 당신에게
금년(今年)에도 건강하시길 바라요

남자들

남자들이란 말이 없는 바보들이다

세상에 태어나 갖은
경쟁 속에서 허리 휘도록 벌어들였으니

가정과 자식들을 위해 하던 일들을
잠시 멈추고 자기 자신을 바라보아라

하루하루 달라지는 몸과 마음이
머리에는 은빛 서리 내리고

무거워진 어깨와 굽어지는 등은
어쩔 수 없는 자연현상

남자들이여!
말이 없는 바보들아,
이제 서러워 말고 인생을 즐겨보아라

애련(愛戀)

그대와 우리는
말을 안 해도 서로 가까이 있어
그리운 사이지만
깜깜한 밤이면 나무처럼
보이지 않는 외로운 사이

그래도 그대와 우리는
낮에는 가까이할 수 있는
아름다운 사이

세상의 수많은
사이 중에
이런 좋은 사이가 있을까

그대와 우리는
흰 눈꽃이 피는
영하의 사나운 날에도,
낮에는 서로 볼 수 있어도
안달이 나는 가까운 사이

그대와 우리는
밤이면 떨어져 보이지 않아도
보고픈 그리운 사이랍니다

새벽달

새벽 먼동이 터오는
희미한 밤하늘에

빛을 잃어가는
새벽달이 아카시아 나무
줄기에 처진 그물망에 걸려 있네

깜깜한 한밤중에는
그리도 밝더니만
솟아오르는 붉은 기운에 눌려
쫓겨가는 신세가 되었네

어쩌면 너의 모습이
그 사람의 처지를 닮았는지
다시 바라보아도
시나브로 빛을 잃어가는
너의 모습이 안타까워~

가까이할 수 없는 너

저 멀리서 바라보는 너
가까이 다가서면
멀어져 가는 너

그리도 달아나는
이유는 무엇일까

늘 손에 닿을 듯
다가서면 다시 멀어지는 너

눈앞에서 떨어져 가는
너를 볼 때마다

속이 타는
애간장은 어찌하라고

이 새벽에도
태양은 붉게 타오르는 데~

밤과 낮사이

새벽이 오고 있다
낮이 되면 웅성대는 대화속에 오가는
거리의 풍경들을 접하며 움직이는
모습이 분주하다

그러다가
어찌그리 시간의 흐름이라는게
이리 빨리도 가는지
마치 계곡에 흐르는 물흐름과도 같다
어둑어둑한 저녁이 오면
모든 사람들의
발거름이 빨라진다

점점 어두어져 반짝이는
불빛들은 커지고
거리의 한산함이
더욱 쓸쓸해 보인다
사람들의 뒷발치에서
잠시 바라보면

나를 보는듯 외로움이 나를 향해
스물스물 몰려 온다

춘몽(春夢)

발을 구르던 추위는
도망이라도 치는 듯

성큼 가까이 다가오는
봄 내음에 마음은
이미 봄 꽃밭에 앉아 있다

이번 봄나들이는
어디로 갈까
벌써 설레는 가슴을
달래 본다

하늘하늘 피어오르는
봄 아지랑이를 상상하며
일찍 감치 봄꿈에 빠져 있다

삘릴리~삘릴리~

섬 마실

어릴 적에 생각나는
어른들의 사랑방 마실을 떠올리며

통통대는 여정 끝에
두근거리는 가슴 안고 도착한 곳은

늘, 평소에 꿈속에서도
떠올리며
오고파하던 환상의 섬마을

확 트인 남도의 끝자락
그곳은 아름답고 멋진 여왕님이
계신 파라다이스

정신이 몽롱한 상태로의
이번 섬 마실은 아늑하고, 감미롭고
사랑스러운 추억의 순간들 이였네

망상(忘想)

가서는 벗고는
와서는 다시 입는

세상에 실타래로
엮어있는 많은 인연(因緣)들을

잡고는 놓지 않을듯해도
여행길 끝나면 모두 놓고 가야 할

봄날 하룻밤 꿈인 것을
어찌 깊은 인연(因緣)으로 올가 매고 있나

미련 없이 아무 말 없이
그냥 훌쩍 떠나가시지요